KB248651

눈송이는
나의 각을 지운다

눈송이는 나의 각角을 지운다

김종해 시집

문학세계사

□ 시인의 말

시인을 위한 메시지

내게는 너무 많은 각角이 살아 있다.

평생 살아가면서 내 몸 속에 서 있는 날을 죽이거나 그 각을 무디게 하려면 그것은 시를 버리는 일뿐이다.

나의 삶이 온전히 시 속에 뿌리박고 있을 때 나는 예리한 야생의 날과 각을 느낀다.

내가 지닌 각 때문에 나는 일생 많이 다쳤다.

좀 더 느린 행보로 걸어가라는 선인先人들의 말씀대로 나는 나 자신을 속일 수는 없다. 자신에게 쏟아붓는 끊임없는 담금질은 자해自害가 아니다.

시인이여. 어쩌겠는가. 그대는 그대가 가진 예각銳角을 지혜롭게 감춰라. 그러나 죽을 때까지 일생의 삶 속에서 예리한 날과 각을 세워 한 편의 좋은 시를 얻어야 한다.

모난 삶의 치유가 시 속에 있다.

오늘 쓰는 한 편의 시가 영원을 얻기까지 그대는 끊임없이 걸어가야 한다.

김 종 해

1 저녁, 유리 위로 출연하다

2 아침, 햇빛을 길어다 물을 준다

3 만추의 길을 가고 있다

4 봄날은 약속처럼 눈물처럼

1

저녁, 유리 위로 출연하다

요리사가 되는 법

도마 위에서 칼을 잡아보면 알 수 있지
양파를 썰거나 청양고추를 다져보면
왜 눈물이 나는지 알 수 있지
칼 잡은 손끝에서 짜릿하게 감지되는 건
비명뿐이라는 걸
갓 잡은 생선머리나
돼지 혹은 소 닭의 세포조직에서
소신燒身 공양 직전의 묵언默言을 들을 수 있다는
걸
도마 위에서 칼을 잡아보면 알 수 있지
진정한 요리사는 밤마다 잠자리에 들기 전에
기도한다는 걸
상상의 무덤을 만들어
그곳에 반드시 두 번 절한다는 걸

도마 위에서 잔파를 썰거나 마늘을 다져보면
알 수 있지
야성을 잃고 시래기가 다 된 줄기나 무
인동의 겨울을 지낸 장류醬類와의 결합을
결코 야합이라 하지 않는
숙성의 시간
태생이 다른 식재료를
손바닥 가득 쥐고 무쳐보면 알 수 있지

추억도 생물이 좋다

마포 농수산물시장의 수산물 좌판은
한 주에 두 번쯤은 나를 오라고 한다
신출내기 요리사인 나
약속도 하지 않았는데
옛고향 친구처럼 나를 자꾸 오라고 한다
좌판 위에서 번쩍이는 활기
생물 갈치는 요즘 너무 비싸고
국내산 낚시태 생태는 씨가 말랐다
생물 고등어 아니면 생물 꽁치나 멸치
품격을 갖춘 학 같은 저 신사 민어
부산 충무동시장에서 어머니가 데쳐내던 통오징
어
저녁 식탁 위에서 추억은 항상
초고추장처럼 입맛을 다시게 한다

한 주에 두 번쯤 수산물 좌판을 찾아가는 것은
그곳에 적셔져 있던 고향길이 보여서일까
일흔 살이 넘어서도 나 장 보러 간다

저녁, 유리 위로 출연하다

아직까지 나는 행복하다
식탁에 앉아 나는 혼자서 소줏잔을 비운다
16층 아파트 전면 강판유리에는
언제나 저녁 6시의 황혼이 붙어 있다
그 속에 내가 붙어 있다
말을 버린 나는 나에게 중독된다
잠시 뒤 노을을 지우고 어둠이 들어서고
유리 위에는 네온사인,
유리 속엔 적막이 들어 있고 내 얼굴이 겹쳐 있다
어둠을 배경으로 유리 무대 위에 내가 꽉 찬다
내 속에서 문제가 될 적막, 끄집어내지 않아서
나는 아직까지 행복하다
식탁 위에서 마시는 몇 잔의 술,
밤이 오기 전

16층 아파트의 전면 강판유리가
말을 버린 나를 복사하고 있다

독작 獨酌

하루 일 끝내고
해지기 전 집으로 돌아오면
입 다물고 있는 사물과 가재도구 사이
반짝, 식탁 위의 술병이 화두를 딴다
잊혀져가는 것들 사이에서
반짝, 저녁에 눈뜨는 술병
석 잔의 술잔이 비워지기 전에
친구처럼 창밖엔 어둠이 기웃거리고
저녁밥 먹기 전에
술잔을 채우는 건 '나를 사랑하라'
그러나 나는 누구를 사랑했는지 알 수가 없다
목구멍 깊숙이 잔을 털어넣고
나에게 평생을 날 세우는 세상만사
화살 기도의 맨 첫머리에

술 취한 듯
나는 나에게 사랑을 고백한다

소주를 맛보다

저녁 식탁에 앉아 소줏잔을 기울인다
식도를 타고 전류보다 빠르게
위胃까지 흐르는 화기火氣
문득 증류소주를 만들던 아버지를 생각한다
부산하고도 천마산 아래
그래, 열 살이었던 나는
아버지를 과학자처럼 지켜보았다
불 지핀 거대한 무쇠솥과 천장에 매단
가느다란 몇 겹의 구리관을 통해
한 방울, 또 한 방울
흐르는 증류소주를 맛보던 아버지
식도를 타고 빠르게 위까지 도달하기 전에
아버지는 50°의 화기火氣를
혀끝에 올려놓고 승부를 건다

옆집 '복상 아저씨'도 맛을 보며 고개를 끄덕인다
아득한 세월의 저쪽
벼랑 끝의 그 승부사들을 떠올리며
나는 소줏병의 마지막 술잔을
혀끝으로 맛본다

잔치국수

지금도 꿈을 꾸면
충무동 시장 안에는 우물이 있고
우물가는 언제나 시끌벅적하다
두레박을 던져 물을 길어올리면
두 개의 물통에 물이 넘치고
나는 아직도 키 작은 중학교 2학년
땅바닥에 물통이 닿을 듯 말듯
물지게를 지고
어머니의 드럼통에 쏟아붓는다
양은솥에는 끓어오르는 멸치국물
대나무 소쿠리엔 국수 면발들이
허연 입김을 뿜어댄다
서러운 잔치가 끝났음에도
어머니는 잔치국수 다발을 다시 말아올린다

지금도 꿈을 꾸면
충무동 시장은 아직도 잔치판 속에 있다

잔치국수 한 그릇은

어머니 손맛이 밴 잔치국수를 찾아
이즈음도 재래시장 곳곳을 뒤진다
굶을 때가 많았던 어린 시절
그릇에 담긴 국수 면발과
가득찬 멸치육수까지 다 마시면
어느새 배부르고 든든한 잔치국수
굶어본 사람은 안다
잔치국수 한 그릇을 먹으면
잔칫집보다 넉넉하고 든든하다
잔치국수 한 그릇은 세상을 행복하게 한다
갓 삶아 무쳐낸 부추나 시금치나물,
혹은 아무렇게나 썰어놓은 김장김치 고명 위에
어머니 손맛이 밴 양념장을 끼얹으면
젓가락에 감기는 국수 면발이

입안에 머물 틈도 없이
목구멍을 즐겁게 한다
아직 귀가하지 않은 식구를 위해
대나무 소쿠리엔 밥보자기를 씌운
잔치국수 다발
양은솥에는 아직도 멸치육수가 뜨겁다

달려라 포장마차

자정을 넘긴 어느 가을밤
네 바퀴 멀쩡한 포장마차 한 대가
우리 회사 주차장에 불법주차해 있었다
은행나무에 단단히 쇠사슬로 묶인 포장마차
지쳐버린 삶의 사막과 광야를 넘어
더 이상 달리기를 거부한 포장마차
열흘을 넘겼지만 주인은 나타나지 않았다
포장마차를 끌던 말馬은 종적을 감추고
연탄불은 꺼진 지 오래
음산한 도시의 뒷골목
보안관이 있고 악당이 있고
포장마차가 달리는 텍사스 서부는
서울 곳곳에 있다
마포의 절벽 뒤로 인디언처럼 출몰하는

조폭들과의 자리싸움에서
그가 휘둘렀을지도 모르는 흉기 탓일까
내일의 해가 떠오르지 않는 불경기 탓일까
그의 아내와 아이들이 기다리는 달동네로
포장마차는 달려갈 수 없다
한 줄의 사고 신문기사에도 오르지 못한
그의 포장마차는 오늘도 달리지 못한다
쇠사슬로 은행나무에 묶인 포장마차
안주 없이 병째 마시는 한 병의 소주를
오늘 밤 포장마차가
주인 대신 서서 마시고 있다

양파 껍질을 벗기면서

고추장 양념 속에 들어갈 양파즙은
참숯불 화로에 구운 바다장어의 맛을 깊게 한다
양파 껍질을 벗기면서
나는 갑자기 내 의지와는 달리
주방에서 눈물을 흘린다
콧물까지 훌쩍인다
전혀 연관되지 않은 날감정 속에서
본의 아니게 눈물을 보이는 것이
참으로 부끄럽다
양파 껍질은 계속해서 나를 자극한다
내게 와서 강하게 어필한다
양파 껍질을 벗기는 손톱 끝이 화끈거리지만
눈물을 흘리는 나는
어찌 수습해 볼 도리가 없다

양파가 내게 보내는 메시지는 무엇일까
아침부터 걷잡지 못하고
무슨 의미랄 것도 없이 나는 눈물을 흘린다

행복한 복숭아

수밀도는 혀가 달고 부드럽다
껍질을 벗기면 수밀도는 부끄럽다
나는 혀를 갖다 댄다
순식간에 부드러운 돌기가 혀끝에서 돋는다
입안 가득 즙이 흘렀다
서늘하고 달고 은은하다
혀가 있으므로 수밀도는 더욱 황홀하다
아이스크림보다 더 부드럽게 혀가 녹았다
혀는 녹고 복숭아는 더 이상 복숭아가 아니다
복숭아는 죽었다
눈을 감으면
복사꽃잎 한 장은
아직도 달빛 속에 있다

접시 한 장

세상의 모든 바다를 다 쏟아부어도 시인이 가진
접시 한 장을 다 채울 수 없다.

2

아침, 햇빛을 길어다 물을 준다

아침, 햇빛을 길어다 물을 준다

아침, 햇빛을 길어다 물을 준다
난초 화분과 양란들은 말이 없다
애들아, 물을 뒤집어쓴 아이들은
아직 잠이 덜 깬 얼굴이다
길다란 잎사귀와 꽃대 사이엔 허공이 있고
허공마다 침묵의 말들이 달려 있다
내가 잠시 준 물이 물관부를 지나며
민감한 부위의 이편저편까지 닿는 것을 본다
두 손으로 물을 주면서 나는 뺨이 가렵다
화분 속의 생체와 교감하는
나의 겨드랑이도 가렵다
발갛게 돋아 오르는 양란의 심혈관이 얼비쳐 보
인다
꽃대 위 정점에 붉은 꽃봉오리가 맺히기까지

나는 이 자연 생물의 회임懷妊을 모르는 척한다
꽃은 제 몸의 변신을 먼저 알고 있다
일생이 지지 않고 다시 피는 꽃
나는 그 상징 위에 물을 붓는다
창밖은 아직도 눈발이 친다

눈송이는 나의 각角을 지운다

새해 첫날 아침
유리창으로 굵은 눈송이가 들이친다
바람은 눈송이를 이고 하늘로 오른다
나는 고층아파트와 함께 끝없이 하강한다
간밤의 어지러운 꿈속에서
제야의 종소리가 지워지고
공중에서 새해를 맞는 아침은 눈세상
각을 세운 세상 속으로 나는 하강한다
사선을 그으며 파닥이는 눈송이들의 율동
세상 속으로 연착륙하는 눈송이는
저마다 하얀 날개를 갖고 있다
가슴 속의 각을 지우고
시야에서 사라지는 눈송이
새해 첫날 아침 내리는 눈은

지상에 닿기 전에
내가 가진 세상의 각을 지우고 있다

느닷없이 봄은 와서

봄은 화안하다
봄이 와서 화안한 까닭을 나는 알고 있다
하느님이 하늘에다 전기 스위치를 꽂기 때문이다
30촉 밝기의 전구보다 더 밝은 꽃들이
이 세상에 일시에 피는 것을 보면
힐, 나는 하느님의 능력을 믿는다
봄은 눈부시고 화안하다
사람과 세상이 제 모습을 감추고 있는
긴 긴 겨울밤은
하느님이 아직 스위치를 꽂지 않으셔서
어둡다고 생각한다
오늘 아침 느닷없이 봄은 와서
내 눈을 부시게 한다

천사를 보면

갓 태어난 지 1년 미만의 아기에겐
대체로 천상의 천사가 함께 따라다닌다
아기의 눈빛 속에서
가끔 순간이동하는 천사를 볼 수 있지만
사람들은 발설하지 않을 뿐이다
이 땅의 것이 아닌
하얗고 뽀얀 미소
마음 가득 번지는 찰나의 날갯짓
주말마다 친정으로 딸이 업고 오는
천사의 이름을
나는 말할 수 없다
오냐, 오오냐
천사를 보고서도 할아버지는
지상의 언어로 옹알이 대꾸를 할 뿐이다

낮잠

여덟 살 때 하늘이 무너지는 소리를 들었다
우리 집 닭장이 엎어졌기 때문이다
하느님보다 더 무서운 우리 아버지
나는 아버지의 회초리가 무섭고
사사건건 고자질하는 누나도 무섭다
맷돌 뒤로 들어간 공을 꺼내다가
맷돌이 떨어지고
맷돌 위에 얹힌 닭장이 엎어졌다
닭장 속에는 알을 품고 있던 암탉이 소리 질렀고
달걀은 깨어져 물이 되었다
따뜻한 달걀 속엔 병아리의 심장과 핏줄이 떠 있
다
부러진 암탉의 다리에 붕대를 감으며
나는 이제 죽었다,

아버지가 집으로 돌아오는 저녁나절까지
석유를 먹은 것처럼 나는 낮잠을 잤다
그날 따라 마당에는
칸나꽃이 더 붉게 타고 있었다

눈 위를 걷다

눈길을 가면 일생이 보인다
눈 내린 날 아침을 기다려
나는 내가 얼마만큼 걸어왔는지
눈 위에 찍힌 나의 발자국을 본다
나의 발자국은 모두 눈 위에 찍혀 있다
지난날 눈 밑에 남긴 나의 발자국은
지금은 눈으로 덮여 흔적조차 없다
어둠 속에서 내가 흘렸던 눈물과
고통의 날들은 모두 지워져 있다
눈 오는 날은 누군가 종소리마저도
눈 속에 파묻는다
일생이 지워지는 눈 내린 날 아침은
누구에게나 모두 축복이다
눈 위에 남기고 갈 나의 발자국

앞으로 걸어가야 할
설원雪原은 더욱 푸르고 아름답다

어둠은 잠시, 새날은 눈부시다

누구에게나 새날이 찾아오는 것처럼
지상地上은 누구에게나 길을 내어준다
새벽의 미명未明을 가르며 달리는 사람
날마다 꿈을 꾸며 세상 속을 달리는 사람
그대 앞에 길은 그대와 함께 달린다
그대 가는 곳에 비로소 길이 열린다
눈을 덮어쓴 먼 산맥의 안위安危
흐르는 강물에게 그 가는 곳을 물어보는 그대,
지상은 온전히 그대의 것이다
사랑하는 사람에게 띄우는
한 줄기 햇살
별빛이 쓰는 하늘의 상형문자
이깔나무숲이나 자작나무숲에서 빠져나온
맑은 바람을 보자기에 싸서

은혜롭고 은혜롭다 고백하는 사람에게
지상은 온전히 그대의 것이다
깊은 밤 울리는 먼 데 종소리에
자기 이름 적어서
가장 소중한 사람에게 보내는 그대
날마다 꿈을 꾸며 세상 속을 달리는 그대
오늘 그대가 흘리는 땀과 눈물은
한겨울에도 향기 높은 꽃을 피운다
오늘 밤 불은 꺼지지 않고
침상 위로 멀리 높이 날아오르는 새
먼 바다가 그대를 향해 파도치며 달려오고
한겨울을 지낸 눈부신 봄꽃들이
사시사철 천사의 이름으로 피어서
그대 이름을 불러준다

살아가는 일에 상처받더라도
그대여, 다시 일어나라
어둠은 잠시일 뿐, 새날은 눈부시다
세상은 모두 그대의 것이다

발치를 하며

어금니를 뽑았다. 치열齒列 사이 어금니가 있던 공혈空穴 속으로 혀가 습관처럼 빠져들고, 치열에서 빠진 어금니에 대한 기억을 전두엽이 보고받았을 때 그 공혈은 매우 빠른 속도로 내게 또 하나의 영상을 보내 준다.

화장터에서 한줌 재가 된 어머니의 유해 속에서 어머니의 어금니 위에 덧씌운 반짝 빛나는 금속 치재齒材의 무상함을 떠올리면서 생멸生滅은 무엇인가를 오늘 생각한다.

어금니를 뽑았다. 일흔 해가 넘도록 아쉬움 없이 한몸이 되어 썰고 갈고 맛보고 삼켰던 어시스터 식신食神 앞에서 그동안 진심으로 행복했었노라고 나는 말한다.

아기천사와 함께

나이 칠순을 두 해 넘긴 저는 할아버지, 봄날 아침을 맞아 자술自述할게요. 할머니를 만나 그간 2남 1녀를 낳고, 2남 1녀는 배우자를 만나 각기 1남 1녀를 낳아 손주만 여섯입니다. 맏손자는 영화예술에 빠져 공부하는 대학생이고요, 끝둥이 손녀는 아직 돌도 안 된 아기천사지요.

그간 제가 걸어왔던 길을 뒤돌아보며 하느님께 행복했었다는 감사 말씀을 오늘 문득 하고 싶었던 것은 끝둥이 손녀 아기천사 때문입니다. 천사의 눈빛은 무량한 사랑, 제가 잊고 있었던 떠나온 곳과 마지막 갈 길을 일깨워줍니다. 아기천사 이름은 찬솔— 저는 아기천사를 사랑합니다.

지금까지 제가 선인先人에게서 물려받았던 하늘과 땅, 산과 바다, 햇빛과 공기— 아직 이름짓지 않은 모든 자연을 저는 경배합니다. 이곳에 와서 여기에서 지내다가 이곳을 떠나는 사람들이 마지막으로 깨닫는 것은 사랑입니다. 오늘 제가 자술할 맨 마지막 말씀도 사랑이지요.

아버지와 아들

사춘기가 끝나가자 아들은 가출을 했다. 초등학교 6년 내내 반장이었던 아들, 집과 학교가 없는 낙원을 찾아 아들은 문득 가출을 했다. 체제와 사회에 각을 세우고 갓 자란 뿔을 들이댔던 어린 양 한 마리. 뿔은 가렵다. 목가적인 집안의 목책은 뚫렸고, 담임 선생님은 학내 감염을 우려해서 교실 곳곳마다 구제역 백신을 뿌렸다. 몇날 며칠 동안 텅 빈 구웃간을 보며 아버지는 잠을 설쳤고 어머니는 식음을 전폐했다.

가출한 아들을 찾아서 아버지는 노숙자의 역驛과 어린 짐승이 뛰어놀 만한 야생의 산과 초원을 뒤졌다. 아들의 절친 인맥을 하나하나 찾아 헤매던 아버지, 드디어 단서를 찾았다. 아들에겐 음악이 있었다. 아들은 초식草食이나 육식肉食보다 향긋한 음악에 더 정신을 쏟고 있었던 것을.

기적소리조차 검은 서울역 근처 남영동의 한 음악다방 DJ와 눈이 마주친 아버지, 아들은 음악다방 문을 밀치고 나와 바람보다 빠르게 달아났다. 그 뒤를 아버지가 쫓아갔다. 기적소리조차 검은 서울역 뒤 골목에서 골목으로 아버지와 아들은 바람보다 빠르게 달렸다. 목책 바깥을 나와 길을 잃고 달려가는 어린 양 뒤로 아버지 양이 달려간다.

석탄재 날리는 막힌 골목에서 마지막 질주는 끝나고, 아버지는 아들의 어깨를 짚고 헉헉헉헉. 아들은 머리를 숙이고 헉헉헉헉. 아버지와 아들 사이엔 세상의 어떤 인간의 말도 오가지 않았다. 가쁜 숨만 몰아쉬고 있었다. 헉헉헉헉. 아버지와 아들은 함께 오랫동안 헉헉헉헉.

곡비哭婢가 왔다
──고층 아파트까지 날아온 매미 한 마리

어머니 장례식날 이후
나는 지금까지 한 번도 방성대곡放聲大哭해 본 적
이 없다
그날 몸 속에 남아 있는 마지막 슬픔의 한 방울까
지
다 짜내어 울었기 때문일까.
아니면 새로 생긴 슬픔을
가장家長의 이름으로 감추어 두었기 때문일까.
나를 알고 있는 그 아무도 없는 곳에 가서
목놓아 울고 싶은 날이 있었으련만
가장이라서 나는 그럴 수 없다
아침 식탁에 앉아서 숟가락을 들고 있을 때
문득 그가 왔다, 곡비哭婢가 왔다
여름의 끝자락을 쥐고

고층 아파트의 방충망을 붙들고
천지가 무너지듯 그가 울었다
한바탕 통렬한 울음이 계속될 동안
창문 안을 들여다보며 그가 흐느껴 울 동안
지금까지 가슴 속에 감춰둔 내 슬픔도
그의 호곡 하나하나에 사설을 붙였다
여름의 끝자락을 쥐고
내 슬픔을 알고 있는 그가 와서
나 대신 소리쳐 울고 있다.

3

만추의 길을 가고 있다

항로를 찾아가다

바람 불고 안개 자욱한 바다
젊은 날 탔던 500톤 알마크 호號가
가끔 내 꿈 속으로 와 정박하다
나는 아직도 열일곱 살
온몸에 땀을 흘리며 밤새 뒤척인다
섬과 근해 어디에도 정박할 수 없는데
파고는 높고 밤새 나는 표류하고 있다
한 치 앞도 보이지 않는 안개 항로 속에서
무적을 울리며 경광등을 번쩍이며
밤새워 물길을 간다
조선소造船所에서 이미 폐선이 된 알마크 호
왜 이 밤에 나는 조타실에서 식은땀을 흘리나
나는 왜 아직도 바다 한가운데에서
세상의 등불을 그리며 꿈을 꾸고 있나

철골 하나하나 해체된 젊은 날의 알마크 호
일흔 살이 넘은 나는
꿈 속에서도 물길을 가듯
아직도 찾지 못한 항로 하나 찾아가고 있다

내수동에서 또 조난

밤새도록 바다를 항해했는데
눈떠 보니 인왕산 아래 내수동이다
새벽 침상은 젖어 있고
나는 아직도 꿈을 꾸고 있다
밤새도록 너울파도가 갑판을 때리고
적재된 젓갈 드럼통은 바다로 굴러떨어진다
누구 하나 유실 화물을 걱정하지 않지만
오늘 내 생生이 갑판 바깥으로
퉁겨날지 모르는 절박함 때문에
수부들은 제 몸을 밧줄로 묶어놓고 소리친다
새벽 네시,
나는 떨면서 구명정을 내린다
어서 꿈에서 깨어나라
방향타를 붙들고 소리치다가

눈떠 보니 인왕산 아래 내수동이다
아아, 내수동까지 파랗게 바다가 들어와 있다

묵호항 일박

나 신참내기 수부가 첫 입항한
묵호항의 초저녁은 아름다웠어
500톤 알마크 호號는 외항外港에 닻을 내렸고
수부들은 묵호항 부둣가에
각자가 꾸는 일박의 꿈을 접안시켰어
수부들이 밤마다 목말라하는
외로움은 무엇일까
외로움은 누구에게는 여자가 되기도 하고
누구에게는 어머니가 되기도 한다
묵호항의 등불은 은빛 멸치 떼
사랑해 사랑해 항구의 불빛은
물 위에 떠서 속삭였지
깊은 밤이 되자
수부들은 묵호항 내륙에 그물을 던지고

저마다 피둥피둥한 은빛 꽁치를 건져 올렸어
바람 부는 뒷골목 파도를 넘어
시끌벅적한 욕설과 유행가를 싣고
신새벽에 모함으로 귀환하는 수부들의 단정短艇
그 시간에 나 신참내기 수부는
알마크 호 이물에 홀로 나와 앉아
묵호항 불빛과 묵호항 하늘의
별빛을 세고 있었어
묵호항 일박은 꿈 속에서도
깜박깜박 등불로 켜져 있었어

대마도

봄날 부산 송도 뒷산에 올라
수평선 끝에 맺힌 섬을 보았다
열 살 때 보았던 그 섬
여름 소나기 그친 뒤
낮잠을 깬 우리 이모집 마루 위까지
걸어와 있었다
아이들이 일제히 지르는 고함소리에
이모는 말했다
와, 대마도가 걸어왔나?
대마도는 내 살아온 물굽이 위
꿈 속에서도 이따금 보였다
칠순이 되던 해
평생 꿈꾸어 왔던 그 섬에
비로소 오를 수 있었다

그 섬에 닿기까지
나는 삶의 어느 뒤안길을
굽이굽이 돌아왔나
대마도 한번 가는데
일흔 해나 걸렸나
잃어버린 국경의 섬 대마도에 가서
고향땅 꿈 속에서만 보던 또 하나의 가족을
그날 밤 처음으로 가슴 속에 품었다

대마도에 와서
──면암勉菴*을 생각함

국경의 섬에 갇혀 유배된 지 세 해

흐린 남쪽 하늘 아래

병풍보다 낮은 산은 고향 강산을 가린다

바닷물은 포승줄처럼 드리워 보행마저 묶는다

답답하다 고희를 넘긴 몸

아까울 것 없구나

적敵들과 맞서 우국에 몸을 떨며

단식한 지 달포

적들 위로 떠오른 또 하나의 격문

면암의 붉은 충절, 이 여름을 달구는구나

하늘에 뜬 구름마저 의병이 되는구나

낮은 산 골짜기 수선사修善寺 절 마당에 서서

고국을 그리는 순국비는 언제나 외롭다

흐린 날 대마도에 와서
적들을 일깨운 면암을 생각한다

* 면암勉菴 최익현崔益鉉(1833~1906) : 일제의 침략 정책에
  반대하여 의병을 일으키고 대마도로 유배 가서 단식 끝에
  순절하였다.

가을은 길 밖에서도

16층 05호실에는 어쩌다가 승강기 앞에서 잠깐 모습을 보이는 90대 노부부가 정물처럼 산다.

거친 한세상 살아오면서 몸을 비운 두 사람을 보면

안거安居를 모두 끝낸 불자의 편안함이 보인다.

몸이 가벼워졌을 때를 기다려 가볍게 낙하하는 가랑잎처럼

자연 속으로 고요히 돌아가는 길을 깨친 그들의 뒷모습.

가을은 길 밖에서도 길 안에서도 선명하게 내게 비친다.

길

처서處暑 지나 떨어지는 나뭇잎을 보면
내가 걸어온 일신상의 길이 보인다
낙하 직전의 나뭇잎을 따라
그 길 함께 가 보면
그간 쌓였던 희로애락 자명해지고
지워진 길 또렷이 보인다
누구에게나 슬픈 일 있을 것 같은
처서 지나 떨어지는 나뭇잎처럼
살아온 생生 가볍기만 하다

비 오는 날

비가 와서 어두컴컴한 날
Wi-Fi Zone을 끌어와 귀에 꽂고
나는 혼자 갇힌다
우산 위에서 구르는 빗방울
빗방울 속에서 나는 자유롭다
저 날것의 빗방울 안에서
귀로 듣는 심상心象
가령 Wi-Fi Zone을 설정하지 않았을 때
우산은 더 이상 우산의 역할을 하지 못한다
먹통 속에서는 누구나 외롭다
비가 와서 어두컴컴한 날
나는 우산을 편다
우산 안에서 내가 끌어올 수 있는
나만의 Wi-Fi Zone

내가 쓰고 가는 우산은 풍선보다 크다
나는 혼자서도 젖지 않고 빗길을 간다

가을 속에서

광화문 인근에 살면서 여덟 해
나는 내가 일생 소유하고 있던 많은 이름들을 잃
어버렸다
아파트 유리창에 붙어 있는 인왕산과 북악산의
이름은
한 가족으로 아침마다 부를 수 있지만
경희궁이나 창덕궁 경복궁 속의 누대의 사람들
역사
오래 적조했던 지인들의 이름마저
지평선 너머로 가물가물 사라진다
산 속에서 단풍을 덮어쓰고 있는 굴참나무 배롱
나무 떡갈나무
이름을 아는 나무들의 숫자도 몇 남지 않고
풀꽃들의 이름마저 내 시첩에서 이름을 지웠다

울긋불긋 옷을 갈아입는 인왕산의 늦가을
광화문에 내려온 우주의 속도
사람 사는 세상을 떠나
지금 나는 홀로 어디로 걷고 있나

만추의 길을 가고 있다

바람이 불자 낙엽은 눈처럼 흩날린다. 바람이 불자 10차선 대로 위로 노랑 빨강 갈색 가랑잎들이 철새 떼처럼 날아오른다. 대나무 싸리비를 든 환경미화원들이 철새 떼를 따라가고 있다. 비가 오면 낙엽은 젖어서 무겁다. 비가 오기 전에 신새벽 포도 위에서 철새들을 주저앉혀야 한다. 아직 정규직이 되지 못한 농성 노동자들이 길거리에 뿌리는 삐라. 하늘을 날아보지 못한 포도의 발목을 잡고 있는 밤샘 집회를 탓할 수만은 없다. 앞으로도 뒤로도 가지 못할 막다른 길을 가랑잎들은 가고 있다. 비가 올 것 같은 새벽길 포도 위에서 삐라들은 철없이 날아오르고, 대나무 싸리비에 얹혀서 환경미화원들이 바람 부는 만추의 길바닥 위로 묵묵히 가고 있다.

시를 쓰지 못하는 이유

오랫동안 단 한 줄의 시도 쓰지 못했다
눈에 보이는 모든 사물과 자연들이 입을 다물었
기 때문이다
그것들은 모두 한통속이 되어 침묵했다
나의 시는 그것들이 자유분방하게 떠드는 소리
그것들의 자기주장과 날것의 모습
그것들의 움직임 하나하나가 모두 내게는 시였으
나
이젠 모두 침묵하고 있어 나는 시를 쓰지 못한다
나는 나의 눈과 귀의 장애를 탓한다
내가 두 눈을 감으면
세계는 암흑
내 안에서 움직이지 않는 자연과 사물
당분간 나는 혼자서 어둠을 택한다

4

봄날은 약속처럼 눈물처럼

왼손잡이 화가를 그리워하며
——이만익李滿益 화백

왼손잡이 서양화가 이만익의 화실畵室은 신사동
에 있다
낮에는 언덕 위로 눈부신 복사꽃이 피고
밤에는 천도복숭아가 그의 화폭 속에서 열린다
그가 절뚝이며 서성이는 화실 안은
언제나 환하다
화판마다 열리는 복숭아는
설화 속의 아리따운 여인
따뜻한 봄날
가족들이 지껄이는 음성이 두런두런 들린다
왼손잡이 서양화가의 능숙한 붓은
설화 속에 있는 사람들의 체온,
숨소리가 담긴 고요마저 잡는다
그가 휘두르는 붓질의 굵고 단순한 선線 안에

관음觀音도, 나그네 예수도 기웃거린다
면도날로 잘 다듬은
검은 콧수염,
날렵한 왼손잡이 화가,
소주 한잔하자며 부르는 저녁나절
신사동의 언덕배기는
지금도 복사꽃잎 흩날리고 있을까
사람의 세월은 가뭇없이 사라져 가지만
이만익의 채색화는
이승에서 오히려 영롱하구나

무대 위에 서다

사는 날 하루하루가 바람 속에 스친다
어젯밤 우리들이 출연했던 단막극 무대
꿈 속까지 무대 조명이 환하다
우리는 주연배우가 아니었지만
무대 위 귀퉁이 주막집에서 밤새 술잔을 비웠다
이만익李滿益 화백은 삼국유사 여인의 뺨에
붉은 복사꽃잎 한 장씩 그려넣고 있었고
춤꾼 최현崔賢은 구름을 희롱하는 한 마리 학
무대가 막을 내린 자정 넘은 시간에도
우리는 무대 위
귀퉁이 주막집에서 술을 들이켰다
서오릉 언덕 갈현동 골목 까페
그 밤에 무대는 바뀌어졌지만
희대의 조선 춤꾼 최현의 젓가락 춤사위

이만익 화백은 한밤의 어둠에 붓을 찍어
코 밑 수염을 더 검게 그렸다
또 한 번 꿈 속에서 펼쳐진 내 생의 단막극
사는 날 하루하루가 바람 속에 스쳐가는데
아아, 애절타, 이제 어느 주막에서 술 한 잔할꼬.

문 상
—최하림에게

성모병원 영안실에서
나는 그를 위해 향불을 피웠다
지상에서 우리의 관계는 오랫동안 따뜻했다
둘러싼 국화꽃 생화生花 속에서
그는 한 마디 말도 하지 않았다
친구여 안녕
등을 돌려 영안실을 나오는 동안
갑자기 안개가 자욱하여
나는 발을 헛딛는다
주차장을 찾지 못해 영안실 계단을
세 번이나 오르내리다가
다시 영안실 빈소의 영정 속에서
오라고, 오라고 손짓하는 그를 보았다
친구여 안녕, 등을 돌리고

산 자의 주차장을 기어코 찾아내
시동을 거는 동안
나는 한 마디 말도 할 수 없었다
멀리 언덕 위 벗나무 꽃잎이 눈처럼 흩날렸다

친구의 풍금

오규옥*의 첫 부임지는 학장초등학교,
시인 지망생인 그는
방과 후 교실에 혼자 남아
풍금을 치고 있었다
벼가 파랗게 자라는 낙동강 하구
그의 노래는
새보다 가벼웠다
벼보다 더 가느다란 몸으로
바람 속으로 스몄다
오규옥이 두드리는 건반 위에서
시인 지망생인 나는
들판 위로 날아오르는 새가
바람을 밟고 있는 것을 보았다
그때 내가 보았던 풍경

일평생 귓속에서 풍금으로 울렸다

근하신년

눈 오는 섣달 그믐날
우리는 모여서 고스톱을 쳤다
한낮과 한밤을 지새운 갈현동 규웅이네 2층 방은
우리들의 낙원이었다.
어질러진 술상 밑으로 잘 익은 김칫국물,
화투판과 술에 취한 우리는
아랫도리마저 국물에 다 젖는 것도 몰랐다.
판에서 먼저 일어나는 사람은 먹튀,
본전은 건졌지만,
밤새 즐긴 것은 딴 돈과 마찬가지
새해 첫날 새벽,
눈길을 비틀거리며,
언덕길을 내려오며
떫은 얼굴빛의 이탄에게

십만 원권 수표 한 장을 쥐여줬다.
30년 넘은 지금도 잊혀지지 않는
이탄의 새해 인사
"종해야, 새해 복 많이 받아라"
그가 비운 이승에서 올해의 눈은 또 내리는데
문득 귀때기를 때리는 이탄의 새해 인사

봄날은 약속처럼 눈물처럼

며칠째 황사 바람이 불더니
비가 오더니
대낮마저 캄캄하더니
오늘 아침 일시에 세상이 눈부시다
촛불시위하듯 벚꽃이 앞장서고
홍매 · 청매 · 산수유
담장 위엔 개나리꽃
진달래 · 목련꽃 · 유채꽃도 피어 있구나
이 환한 꽃잔치 속에서
약속처럼 눈물처럼 봄날은 왔는데
너네들, 지금 어디 가 있나
먼길 떠난 동무들이
하나 둘 꽃잎처럼 공중에서 펄럭인다
차창 위로,

서행하는 내 승용차 보닛 위로 와서
봄날은 동무들과 함께
약속처럼 눈물처럼 꽃잎을 뿌린다

네게 보낸다

눈발이 흩날린다
보온밥통에서 밥을 푸다 말고
나는 문득 네게
문자 메시지를 날린다

벚나무에서 분분히 흩날리는 꽃잎
그 한 잎이 차창 안으로 들어와서
차를 멈추고 나는 문득 네게
문자 메시지를 날린다

잠 이룰 수 없는 밤, 꿈자리 헤집고
창문에 와서 부서지는 달빛 때문에
하늘에 있는 네게
나는 문득 문자 메시지를 날린다

세상 살아가는 모든 날이 가랑잎
나 여기서 이리저리 구르다
손끝에 찍어서 보내는 글
— 눈 온다, 꽃이 진다, 보름달 떴다
네게 보내는 아주 짧은 메시지

못 찾겠다 꾀꼬리
——시인 이탄, 최하림에게

벚꽃잎 눈처럼 흩날리던 봄날
꽃잎 져 내리던 하늘을 향해
최하림은 마지막 길을 떠났다
우리 얼굴 위에서 슬픔 채 닦아내기 전에
이탄, 오늘은 너의 비보를 받고
여름 끝자락을 쥐고 우린 또 흐느낀다
우리들의 친구
하나하나 별 속으로 모습을 감추어 가니
이승의 어두운 골목, 술래가 아닌데도
애처롭게 우리만 남아 있구나
아침에 눈 뜨면 해는 짧아져 있고
새들은 날을 물고 서쪽으로 사라진다
부질없구나, 이승에서 술래잡기하는 일
다들 어디 갔느냐

이 땅의 60년대 시인들 가운데
당당한 제 목소리로
한국시의 높이와 깊이를 아우르던 시인
잊혀지지 않는 시집 속에 오롯이 남아 있으니
최호남*, 김형필*!
못 찾겠다 꾀꼬리
이제 나오너라

    ＊ 최호남崔虎男 : 시인 최하림의 본명.
    ＊ 김형필金炯弼 : 시인 이탄의 본명.

목마 타기

함께 놀던 동무들과 헤어진 꿈
나는 잠을 자고 있었지만
결코 잠을 잔 것은 아니었다
사람들이 회전목마를 타고 오르고 내리고
또 오르고 내리며
하나의 행성 위에서 끊임없이
회전하고 있는 것을 지켜보고 있었는데
세상의 오르막과 내리막 그 사이에서
봄과 여름과 가을 겨울 그 사이에서
저마다 내릴 역이 있어
저 찰나의 사이를 열고
최하림이 내리고, 이탄이 내리고
김용성이 차례대로
내리는 것을 나는 보았다

하나의 행성 위에서
나는 슬픈 꿈을 꾸고 있었지만
다음 내릴 역을 준비하며
꿈 속에서 눈물을 닦았다
나는 결코 잠을 잔 것은 아니었다

백두산 이도진二道津의 추억

백두산 밑 작은 마을 이도진二道津의 초저녁은 캄
캄하다
북조선 하늘을 바라보지 말라는 듯 국경은 어둠
뿐이다
백두산 시계視界를 가린 검은 보자기,
저녁을 먹은 일행은 갈증 때문에,
조선족이 빚어놓은 막걸리를 마시고 싶어
마을을 헤맸다
별마저 없는 캄캄한 어둠 속에서
앞선 일행의 목소리를 따라
장님 걸음으로 모두 더듬더듬 걸었다
갑자기 내 옆에서 걷던 작가 이호철 선생이
내 팔을 잡고, "잠깐만 기다려 줘"
소대장처럼 짤막하고 다급한 부탁,

나는 캄캄한 어둠 속에서
앞선 일행에게 그 말을 복창했다
작가 이호철 선생은 앉은 채로 큰일을 보고 있었
는데
끙, 하고 힘을 쓰며 조금씩 자리를 옮기고 있었는
데
백두산 밑 캄캄한 이도진二道津의
돌다리 밑을 흐르는 냇물소리가
이때만큼은 뒤를 씻듯 크게 들려왔다
동쪽일까
그가 열아홉 살 때 단신 월남한 원산항이
백두산 아래쪽 어둠 위로
환하게 떠올라와 있었다

부산 초장제면소草場製麵所

부산시 서구 초장동 3가 75
아버지가 널빤지로 지은 바람맞이 북향집
밤에는 천마산이 내려와 달처럼 울타리를 치고
낮에는 영도 섬이 가까이 다가와 젖을 물려주던
바다
토성국민학교 4학년인 나는
학교가 싫어서 무단결석
충무동 바닷가 진개장塵芥場*에서
사촌형과 쇠가죽 공작재료를 뒤졌다
책가방 속에 가득 담긴 쇠가죽 조각 때문에
우리는 드디어 이모에게 들켰다
이모가 치는 대나무 회초리
우리 유년의 종아리에 피가 맺혔던
1951년 피난수도 부산의 초장동 비알

스칠 듯 말듯 초장동과 완월동, 충무동의 경계

아랫동네 초장제면소草場製麵所에서

스무 살의 예비작가 이호철은 국수가락을 뽑고
있었다

함경도 원산항에서 혈혈단신 월남한

그가 외롭게 돌리는 기계

그의 삶과 인생의 첫 기항지에서

뽑혀져 나오는 국수가락

국수 뽑는 기계가 잠깐 잠깐 멈추는 시각

완월동 돌다리 위에서 헤매던

토성국민학교 4학년 내 얼굴을

그가 초장제면소 유리문을 통해

무심코 내다본 듯도 하다

＊ 진개장塵芥場 : 온갖 폐자재와 쓰레기를 버리는 곳.

동심원의 삶과 시학

이　남　호 | 문학평론가

2013년은 김종해 시인의 '시인 나이'가 쉰이 되는 해이다. 즉 시인이 되어 시를 쓴 세월이 반백년이 되었다. 그리고 '시인 나이'가 쉰이 되는 해에 열 번째 시의 집을 지었으니, 그 시집이 바로 『눈송이는 나의 각角을 지운다』이다. 이 시집에는 김종해 시인의 반백년 시력이 편안하게 숨쉬고 있다. 삶의 산전수전뿐만 아니라 시의 산전수전도 다 겪은 노시인은 편안하고 자유롭고 오히려 천진해졌다.

시인은 이제 높은 뜻을 만들려고 긴장하지도 않으며, 멋진 기교의 언어를 구사하려고 애쓰지도 않으며, 새로운 시의 비경을 찾아 헤매지도 않는다. 반백년의 시력은 시인으로 하여금 일상의 느낌과 생각이 그대로 시가 되게 하였고, 시와 삶이 하나가 되게 하였다. '나는 붓을 던져도 그림이 된다'고 중광스님이 말한 바 있지만, 김종해 시인이야말로 '나는 무슨 말을 어떻게 해도 시가 된다'고 해도 될 것 같은 경지를 이 열 번째 시집은 보여주고 있다.

『눈송이는 나의 각을 지운다』는 4부로 구성되어 있으며 동심원 구조를 이룬다. 시인의 현 존재를 핵이라고 한다면 1부는 그 핵을 둘러싼 가장 작은 원이다. 즉 일상의 가장 안쪽 모습을 보여준다. 시인은 주로 집 안에 있으면서 자신의 내면을 응시한다. 그것을 둘러싼 두 번째 동심원이 2부인데, 여기서는 시인의 감각이 외부로 열려 있다. 그러나 멀리 가지는 않고 집안의 화초나 창밖의 풍경을 평화롭게 만난다.

그 다음 세 번째 동심원인 3부에서는 시인의 시적 안테나가 젊은 날의 추억이나 이웃으로 확대된다. 그러나 여기서 만나는 추억이나 이웃의 모습에는 삶의 아픔과 어려움이 있다.

4부는 제일 바깥의 동심원이 된다. 이 동심원은 죽음의 세계로 이어져 있어 먼저 저승으로 간 친구들과 만나는 곳이 된다. 시인의 제일 외곽을 둘러싸고 있는 이 원은 삶의 무상함을 보여준다. 이와 같은 네 개의 동심원으로 『눈송이는 나의 각을 지운다』라는 시집은 이루어져 있고, 시인의 삶 또한 그러하다고 시집은 말한다. 이제 그 네 개의 동심원을 조금 더 자세히 들여다보자.

첫 번째 동심원인 1부의 시들은 주로 퇴근 후의 주방과 거실에 있는 시인을 보여준다. 시인은 요리도 하고, 식탁에 혼자 앉아 소주도 마시고, 창밖의 어둠도 내다본다. 그 사이사이에 시인의 상념은 어린 시절의 추억을 떠올리기도 한다.

「독작」이라는 시는 "하루 일 끝내고/ 해지기 전 집으로 돌아오면/ 입 다물고 있는 사물과 가재도구 사이/ 반짝, 식탁 위의 술병이 화두를 딴다"라고 시작된다. 그러니까 퇴근하고 집에 오면 술 생각이 먼저 난다는 것이다. 젊어서는 밖에서 친구들과 왁자지껄하게 어울려 술을 마셨겠지만, 이제는 집에 와서 조용히 그리고 홀로 몇 잔의 술을 마신다. 그래서 제목도 '독작獨酌'이다. 시인이 저녁 식사 전에 홀로 식탁에 앉아 소

주를 마시면 창 밖엔 어둠이 친구처럼 기웃거린다. 내
리는 어둠이 친구처럼 느껴진다는 것은 시인이 술을
마시며 대면 또는 응시하고 있는 존재가 바로 자신의
내면이라는 뜻이다. 시인이 하루 일과를 끝내고 조용
히 식탁에 앉아 자신을 응시할 때 시인은 자기 자신에
대해서 무슨 생각을 할까?
「독작」이라는 시는 다음과 같이 이어진다.

저녁밥 먹기 전에
술잔을 채우는 건 '나를 사랑하라'
그러나 나는 누구를 사랑했는지 알 수가 없다.
목구멍 깊숙이 잔을 털어넣고
나에게 평생을 날 세우는 세상만사
화살 기도의 맨 첫머리에
술 취한 듯
나는 나에게 사랑을 고백한다.

———「독작獨酌」 부분

시인은 자신의 내면을 조용히 들여다보면서 자신을
사랑해야겠다고 생각한다. 지금까지 누구를 사랑했는

지 모르겠으나 이제부터는 자신을 사랑하기로 마음먹고, "나는 나에게 사랑을 고백한다". 그러나 이것은 철없고 이기적인 자기 사랑이 아닐 것이다. 여기서 시인의 자기 사랑은 "나에게 평생 날 세우는 세상만사" 속에서 혹사당했던 삶의 피로와 그 매정했던 세상에 대한 성숙한 긍정을 뜻한다. 즉, 그것은 평생 고달프고 괴롭고 허무했던 시인 자신의 인생과의 따뜻한 화해의 태도라고 할 수 있을 것이다. 그래서 이 시가 보여주는 쓸쓸함은 성숙한 평정의 아우라 속에 있는 쓸쓸함이다.

「곡비哭婢가 왔다」라는 시는, 일상 속에서 성숙한 태도로 자신을 사랑하는 하나의 구체적 사례를 보여준다. 지금까지의 시인의 많은 시 속에서 확인할 수 있지만, 시인의 어머니에 대한 사랑은 애틋하다. 그런데 시인은 어머니가 돌아가신 후 한번도 방성대곡해 본 적이 없다. 마음 속으로야 많이 울었겠지만 가장으로서 소리놓아 울지는 못했다. 그러나 시인은 울고 싶어도 마음껏 울지 못하는 자신의 처지 또는 태도를 부정적으로 생각하지 않는다. 스스로 불효라고도 생각하지 않는다. 그 대신 세상이 그 슬픈 마음을 다 알아주고 다 드러내준다고 생각한다.

> 아침 식탁에 앉아서 숟가락을 들고 있을 때
> 문득 그가 왔다, 곡비가 왔다
> 여름의 끝자락을 쥐고
> 고층 아파트의 방충망을 붙들고
> 천지가 무너지듯 그가 울었다
> 한바탕 통렬한 울음이 계속될 동안
> 창문 안을 들여다보며 그가 흐느껴 울 동안
> 지금까지 가슴 속에 감춰둔 내 슬픔도
> 그의 호곡 하나하나에 사설을 붙였다
>
> ——「곡비哭婢가 왔다」 부분

어느 여름날 아침 고층 아파트 창에까지 매미가 와서 울었다. 천지가 무너지는 듯한 그 매미의 울음소리에 시인은 어머니를 여윈 슬픔을 의탁한다. 시인을 대신하여 매미가 시인의 슬픔을 큰 소리로 울어주는 것이라고 생각하는 것이다. 이처럼 시인은 어머니를 여윈 큰 슬픔을 큰 소리의 울음으로 표현하지 못하는 자신을 탓하는 대신, 자연마저 자신의 슬픔을 가엾게 헤

아려 매미라는 곡비를 보내 주었다고 긍정적으로 생각한다. 「곡비가 왔다」는 어머니를 잃은 슬픔을 매미의 울음으로 치환하여 객관화시킨 작품이지만, 달리 보면 매미마저도 자신의 곡비가 되어주는 자신의 삶에 대한 긍정 즉 자기 자신에 대한 사랑을 보여주는 작품이기도 하다.

두 번째 동심원인 2부는 시인의 가까운 주변을 다룬다. 1부에서 자신을 사랑하기로 한 시인이기에 시인은 자신의 가까운 주변에서 기쁨과 생명의 이미지를 자주 만난다. 그래서 2부에는 봄, 아침, 새날, 아기, 천사, 눈 등 긍정의 언어가 가득하다. 태어난 지 1년도 안 되는 끝둥이 손녀의 모습에서 천사를 만나고 사랑이라는 단어를 새로 만난다. 그런가 하면 느닷없이 환하게 찾아온 봄에 감탄하며 "하느님이 하늘에다 전기 스위치를 꽂기 때문"이라고 천진한 상상을 한다.

또 아침마다 집안의 화초에 물을 주며 화초의 미묘한 변화를 느낀다. 자신이 준 물이 화초의 "민감한 부위의 이편저편까지 닿는 것"을 보기도 하고 "발갛게 돋아 오르는 양란의 심혈관"을 보기도 한다. 시인은

그렇게 화분 속의 생체와 교감하면서 스스로도 뺨이
가려워지고 또 겨드랑이도 가려워지는 체험을 한다.
이 모든 기쁨과 생명의 이미지들은 그대로 시인의 행
복이 된다.
　시인은 새해 첫날 아침에 내리는 눈을 보면서도 마
음이 편안해지고 행복해지는 느낌을 받는데, 그 느낌
을 시인은 다음과 같이 표현한다.

　　　사선을 그으며 파닥이는 눈송이들의 율동
　　　세상 속으로 연착륙하는 눈송이는
　　　저마다 하얀 날개를 갖고 있다
　　　가슴 속의 각을 지우고
　　　시야에서 사라지는 눈송이
　　　새해 첫날 아침 내리는 눈은
　　　지상에 닿기 전에
　　　내가 가진 세상의 각을 지우고 있다
　　　　　　──「눈송이는 나의 각角을 지운다」 부분

　눈이 내리면 세상이 흐릿하게 보인다. 그리고 눈은
세상의 윤곽을 지울 뿐만 아니라 더러움들을 깨끗하

게 덮는다. 그 풍경 속에서 시인은 무엇보다 자신의 마음 속에 있던 설움, 원망, 미움, 안타까움 등이 조용히 사라짐을 경험한다. 앞에서 언급한 시「곡비가 왔다」에서는 매미가 시인의 울음을 대신 울어 주었듯이, 이 시에서는 눈이 시인의 각角이 선 마음을 달래주고 있다. 그러나 사실 매미나 눈이 그런 작용을 하는 것은 아니다. 그것들은 매미나 눈을 매개로 해서 시인의 마음이 스스로 하는 작용이다. 시인의 성숙하고 평화롭고 스스로를 사랑하는 긍정의 마음은, 매미로 하여금 시인의 슬픔을 대신 울게 만들고 눈으로 하여금 시인의 가파른 심사를 부드럽게 위무하도록 만드는 것이다.

「어둠은 잠시, 새날은 눈부시다」는 마음 속의 각이 지워졌을 때 나오는 희망의 찬가이다. 이 시에서 김종해 시인은 화려한 이미지를 나열하며 희망의 전도사가 된다. “지상은 누구에게나 길을 내어준다”, “별빛이 쓰는 하늘의 상형문자”, “오늘 그대가 흘리는 땀과 눈물은/ 한겨울에도 향기 높은 꽃을 피운다”, “눈부신 봄꽃들이/ 사시사철 천사의 이름으로 피어서/ 그대 이름을 불러준다”, “어둠은 잠시일 뿐, 새날은 눈부시다" 등등 희망의 언어가 현란하다. 마음에 각을 세우고 이 시를 읽는다면 너무 상투적인 희망의 시일 수 있겠지만, 그러나 희망은 그 자체로 상투적 속성을 가진다. 그리고 마음에 각을 지우고 이 시를 읽는다면 그 상투성조차 희망에 대한 긍정과 믿음이 될 수 있다. 희망이 간절히 필요한 사람에게는 상투성의 옷이 때로는 더 편할 수도 있다.

2부의 시 가운데서 추억의 연금술을 보여주는 행복의 언어가 있다. 「낮잠」이 그것이다. 「낮잠」은 시인이 여덟 살 때 사고를 쳐서 아버지에게 혼나게 될 것을 걱정하던 체험을 다룬다. 그러나 그 두려운 체험은 추억의 연금술로 인하여 아름답고 따뜻한 체험이 된다. 여덟 살 아이는 장난치다 닭장을 무너뜨렸고, 닭이 다쳤고, 달걀이 깨졌다.

닭장 속에는 알을 품고 있던 암탉이 소리 질렀고
달걀은 깨어져 물이 되었다
따뜻한 달걀 속엔 병아리의 심장과 핏줄이 떠 있다
부러진 암탉의 다리에 붕대를 감으며
나는 이제 죽었다,

아버지가 집으로 돌아오는 저녁나절까지
석유를 먹은 것처럼 나는 낮잠을 잤다
그날따라 마당에는
칸나꽃이 더 붉게 타고 있었다.
　　　　　　　　　　　──「낮잠」 부분

　시의 후반부인 이 인용부분에는 4개의 이미지가 나
온다. 하나는 덜 부화한 병아리의 심장과 핏줄이고 또
하나는 암탉의 다리에 감긴 붕대이다. 나머지 두 개의
이미지는 각각 낮잠으로 도피한 나의 모습과 붉은 칸
나꽃이다. 색상으로 보자면, 생명의 노란색은 파괴되
었고 창백한 흰색이 관여했으며 핏빛 붉은색이 강렬
하다. 삶과 죽음의 이 강렬한 이미지들의 에너지를 견
뎌내지 못하고 아이는 깊은 낮잠 속으로 도피했다. 아
이에게 그 낮잠은 두려움으로부터 도피한 작은 죽음
이었는지 모른다. 그러나 이 모든 것들은 이제 추억
속에 있다. 오랜 세월은 아이가 지녔던 두려움의 현실
적 힘을 지웠고, 시인의 마음 속에서 아름다운 추억이
되었다. 「낮잠」은 언어와 체험과 시간이 아주 깊은 곳
에서 만난 사례를 보여주는 작품이다.

시인의 존재를 둘러싼 두 번째 동심원에는 봄과 아기와 새날이 있었다. 그곳은 기쁨과 생명의 공간이었다. 그러나 세 번째 동심원에는 바다의 시련과 가을의 무상이 있다. 「낮잠」이나 「잔치국수」 등에서 보듯이 시인의 유년시절 추억은 행복의 언어로 표현된다. 그러나 말단 수부水夫 생활을 했던 10대 후반의 추억은 망망한 바다의 이미지와 함께 불안과 시련의 언어로 표현된다. 가령 「항로를 찾아가다」라는 시에서 시인은 지금도 열일곱 살에 수부로 일했던 500톤급 알마크 호의 체험을 꿈 속에서 되풀이한다. 알마크 호와 관련된 시인의 기억은 다음과 같다.

섬과 근해 어디에도 정박할 수 없는데
파고는 높고 밤새 나는 표류하고 있다
한 치 앞도 보이지 않는 안개 항로 속에서
무적을 울리며 경광등을 번쩍이며
밤새워 물길을 간다

——「항로를 찾아가다」 부분

캄캄하고 파도가 높은 밤바다를 표류하던 어린 수부의 불안과 시련으로부터 시인은 여전히 자유롭지 못하다. 이 불안과 시련은 「내수동에서 또 조난」, 「묵호항 일박」 등의 작품에서도 유사하게 반복된다. 비록 50년이 지난 일이고 알마크 호는 이미 폐선이 되었지만 시인은 "왜 이 밤에 나는 조타실에서 식은땀을 흘리나/ 나는 왜 아직도 바다 한가운데에서/ 세상의 등불을 그리며 꿈을 꾸고 있나"라고 자문하며 고통을 호소한다.

시인이 아직도 알마크 호의 고통을 되풀이하여 느끼는 까닭은 그 고통스런 상황이 시인이 살아온 삶의 비유가 되기 때문이다. 사실 「항로를 찾아가다」에서 시인이 하소연하는 고통은 오십여 년 전의 수부 체험이 아니라 인생의 항로를 찾지 못해 헤매고 있는 일생의 고통이다. 「항로를 찾아가다」에서는 평생 표류하고 있는 자신의 삶을 비유하고, 「내수동에서 또 조난」은 수시로 조난당하는 자신의 삶을 비유하고, 「묵호항 일박」은 배가 항구에 정박해도 여전히 갈 곳 몰라 바다에 떠 있는 자신의 삶을 비유해서 말한다. 큰 긍정에 도달한 노시인의 삶과 마음의 일부에 아직 이런 불안과 시련이 있다는 것을 어떻게 이해해야 할까?

삶의 산전수전을 다 겪고 시의 산전수전도 다 겪은 노시인은 이제 자신을 사랑할 줄도 알게 되었고, 세상을 크게 긍정할 줄도 알게 되었다. 그런 모습을 1부와 2부의 시편들은 뚜렷하게 보여준다. 그러나 3부의 시편에서는 다른 삶이 나타난다. 아직도 인생의 바다에서 표류하고 때때로 조난당한 모습을 보여주기도 한다. 행복의 원 바깥에 시련의 원이 둘러싸고 있다는 것은 삶의 당연한 모습일지 모른다. 또는 시련의 원에 의해서 행복의 원은 건강하게 유지될는지도 모른다. 하여튼 김종해 시인은 이번 시집을 통해서 삶이란 그런 몇 개의 이질적인 원으로 둘러싸여 있다고 우리에게 알려주고 있으며, 이 또한 이 시집의 큰 의미가 아닐까 한다.

한편 3부의 동심원이 보여주는 불안과 시련 속에는 가을에 느끼는 삶의 무상함도 들어 있다. 시인의 당연한 상상이지만, 시인은 가을 속에서 인생의 조락을 쓸쓸하게 느낀다. 특히 바람에 흩날리는 낙엽은 시인의 쓸쓸함과 무상함을 자주 자극한다. 「가을 속에서」라는 시에서 시인은 삶의 무상함을 "나는 내가 일생 소유하고 있던 많은 이름들을 잃어버렸다"라고 노래한다.

오래 적조했던 지인들의 이름마저
지평선 너머로 가물가물 가라진다
산 속에서 단풍을 덮어쓰고 있는 굴참나무 배롱나
무 떡갈나무
이름을 아는 나무들의 숫자도 몇 남지 않고
풀꽃들의 이름마저 내 시첩에서 이름을 지웠다
——「가을 속에서」 부분

오래 전에 한 시인이 너의 이름을 부르자 너는 내게
와서 꽃이 되었다고 노래했지만, 이름이란 개인적 차
원의 관계요 의미가 된다. 이제 시인은 인생의 가을을
맞이하여 그 이름들을 잃어버렸다. 즉 많은 것들이 시
인을 떠나간 것이다. 이런 삶의 무상함은, 아무리 행
복한 긍정의 마음을 지닌 사람에게도 피할 수 없는 인
생의 진실일 수밖에 없다.

그리고 삶의 무상함 그 밖을 둘러싼 동심원 혹은 삶
의 제일 외곽을 둘러싸고 있는 동심원은 당연히 죽음

이다. 4부에서는 이 죽음의 동심원을 노래한다. 시인
은 함께 인생의 희로애락과 예술의 감흥을 나누던 벗
들이 먼저 세상을 하직하자 그에 대한 안타까움과 그
리움을 시로 남긴다. 이만익, 이탄, 김용성, 오규원,
최하림 등이 그들이다. 시인은 이들 벗들의 죽음 앞에
서 안타까이 그들과의 구체적 추억들을 회상하고 삶
의 덧없음을 토로하기도 하고 아니면 삶의 이런저런
굴곡에서 문득 먼저 떠나간 벗들을 그리며 감상에 젖
기도 한다.

꽃이 만개한 봄날 서행하는 자동차 위로 흩날리는
꽃잎을 보면서 시인은 "이 환한 꽃잔치 속에서/ 약속
처럼 눈물처럼 봄날은 왔는데/ 너네들, 지금 어디 가
있나"(「봄날은 약속처럼 눈물처럼」)고 서글픈 물음을 던진
다. 또 시인은 눈발이 흩날리는 날 보온밥통에서 밥을
푸다가 "나는 문득 네게/ 문자 메시지를 날린다"(「네게
보낸다」) 그리고 또,

잠 이룰 수 없는 밤, 꿈자리 헤집고
창문에 와서 부서지는 달빛 때문에
하늘에 있는 네게

나는 문득 문자 메시지를 날린다

세상 살아가는 모든 날이 가랑잎
나 여기서 이리저리 구르다
손끝에 찍어서 보내는 글
— 눈 온다, 꽃이 진다, 보름달 떴다
네게 보내는 아주 짧은 메시지

—「네게 보낸다」 부분

라고 하면서 먼저 저승에 간 벗들을 수시로 떠올리며 그리워한다. 시인은 그 그리운 마음을 벗들과 소통하고 싶어 한다. 그래서 시인은 문자 메시지라도 보내고 싶어 한다. 눈 오면 눈 온다고, 꽃 지면 꽃 진다고, 보름달 뜨면 보름달 떴다고 문자 보내고 싶어 한다. 그러나 문자 메시지를 저승에 보낼 수는 없으니 시인은 이런 시라도 남기는 것이리라. 여기에는 먼저 하직한 벗들에 대한 애절한 그리움뿐만 아니라 벗들이 가 있는 세상이 시인에게도 그리 먼 곳이 아니라는 서글픈 인식이 깔려 있다.

죽음을 부정하거나 외면하지 않고 이렇게 애틋하게

가까이 두는 마음이 예사롭지 않다. 그 성숙하고도 아름다운 마음은 존경에 값하는 것이다. 죽음을 외면하지 아니하고 삶의 가장 외곽 동심원으로 아름답게 지니고 있는 시인의 높은 삶을 우리는 이 시집을 통해서 짐작할 수 있다.

이상 간략히 살펴본 바와 같이 김종해 시인의 '시인 나이' 쉰 살을 기념하는 열 번째 시집 『눈송이는 나의 각을 지운다』는 네 개의 아름다운 동심원으로 이루어져 있다. 시인의 존재를 중심으로 첫 번째 동심원은 시인의 독존獨存과 내면으로 이루어져 있다. 여기서 시인은 성숙한 자기 사랑에 대해서 이야기한다. 이것이 1부의 내용이다. 그 동심원의 바깥에 두 번째 동심원이 있는데, 여기서는 가까운 일상의 주변이 행복의 언어로 그려진다. 시인의 맑은 눈은 아기와 봄과 새날의 기쁨을 본다. 이 세상에 기쁨이 특히 많다기보다는 시인이 작은 일상 속에서 많은 기쁨을 발견하고 그것을 가까이 둔 까닭이다. 이것이 2부의 내용을 이룬다.
그러나 그 바깥의 동심원에는 불안과 시련과 무상함의 일상이 있다. 어떤 성숙한 삶도 이것을 부정하거나 외면할 수는 없다. 부처님의 말씀대로 삶은 고해苦海이기 때문이다. 그러나 이것이 있기 때문에 삶의 기쁨과 행복은 빛날 수 있다. 이것이 3부의 내용이다.

마지막으로 4부에서는 죽음의 동심원을 보여준다. 시인은 먼저 다른 곳으로 가버린 벗들을 마음으로는 보내지 아니하고 일상의 굽이마다 추억하고 그리워하고 말을 건넨다. 그것은 벗에 대한 그리움 때문이기도 하지만, 시인 또한 언젠가는 그들의 세계로 가야 한다는 순리를 겸허하게 받아들이기 때문이다.

이처럼 네 개의 동심원으로 이루어진 이 시집을 읽노라면, 굳이 눈송이가 아니더라도 마음의 각을 부드럽게 지운 시인의 성숙한 일상을 만날 수 있다.

김종해 시인의 약력
1941년 부산 출생. 1963년《자유문학》,《경향신문》 신춘문예로 등단.
〈현대시〉 동인. 자유실천문인협의회 창립발기위원.
한국시인협회 회장 역임.
현대문학상 · 한국문학작가상 · 한국시협상 ·
공초문학상 · PEN문학상 등 수상.
시집으로『인간의 악기』『신의 열쇠』『왜 아니 오시나요』
『천노, 일어서다』『항해일지』『바람부는 날은 지하철을 타고』
『별똥별』『풀』『봄꿈을 꾸며』가 있음.
시선집『무인도를 위하여』『누구에게나 봄날은 온다』
『우리들의 우산』 등이 있음.
현재 문학세계사 대표, 계간 시전문지《시인세계》 발행인.

눈송이는 나의 각을 지운다
김종해 시집

초판 1쇄 발행일 2013년 4월 22일

지은이, 펴낸이 · 김종해
펴낸곳 · 문학세계사
주소 · 서울시 마포구 신수로 59-1(121-110)
대표전화 · 702-1800 ㅣ 팩시밀리 · 702-0084
mail@msp21.co.kr ㅣ www.msp21.co.kr
트위터 : @munse_books
페이스북 : facebook.com/munsebooks
출판등록 · 제21-108호(1979.5.16)
값 10,000원
ISBN 978-89-7075-561-8   03810
(c)김종해, 2013